經典
少年遊

017

七俠五義

包青天為民伸冤

The Seven Heroes and Five Gallants
The Impartial Judge

繪本

故事◎王洛夫
繪圖◎王韶薇

包拯是宋朝清廉公正的好官。他的眉毛中間有一彎明月，相傳他白天審理陽間的事，晚上審理陰間的事。包拯讓許多很難查的案子水落石出，人人稱讚，尊稱他為「包公」。

包公因為感謝展昭多次相助，就
派人送信到展昭家，要重用他。
恰巧展昭這時候正在遊歷四方，
行俠仗義，白天走訪名山，晚上
寄宿在古廟。

4

旅途中，展昭聽到大家在談論包公。包公因為審理「貍貓換太子」案，讓仁宗皇帝和受冤屈的親生母親團圓，拆穿了劉皇后用貍貓將太子調包的陰謀，因此皇帝特別封他為首相，指派他掌管「開封府」。

7

展昭很開心的想：「好極了，我就去開封府祝賀一番吧！」

路上只要有包公的消息，他都留心傾聽。包公辛勤的審理案件時，心裡也念著展昭，不知道何時才能招攬他一同為朝廷服務。

8

有一天包公正在研究案情，卻忽然往後一躺，就昏迷不醒了。包公身邊有位公孫策，是專門輔佐包公出謀略的賢人，也懂醫藥。他為包公診脈之後，搖搖頭說：「奇怪了，看來完全沒病，倒像是睡著了。」

展昭正前往開封府，傍晚來
到一座道士廟「通真觀」，
決定借宿。因為老道士拜壇
去了，只剩小道士。當更鼓
敲了兩下時，展昭正想要翻
牆出去調查案子，卻聽到後
院一個女子對小道士說：
「龐太師要害包公，到底怎
麼樣了？」

展昭聽到與包公有關，連忙縮起腳，側身傾聽。這時，只聽到小道士說：「我師父這個方法百發百中。龐太師在花園裡設壇，到現在已經滿五天了，等到第七天，就必然會成功，直接要了包拯的命。」

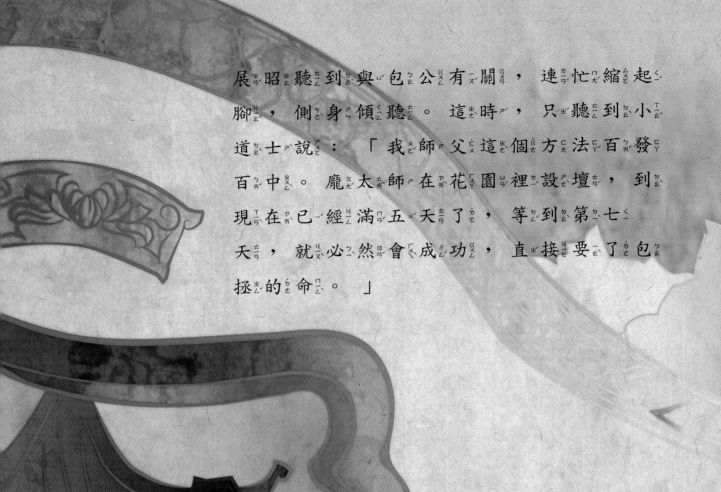

「然後呢？我逃出家來跟著你這出家的道
士，你能照顧我一輩子嗎？」

「那時候等師父得了賞銀一千兩，我就將
它偷出來，之後我們兩個遠走高飛，不就
能當長長久久的夫妻了嗎？」

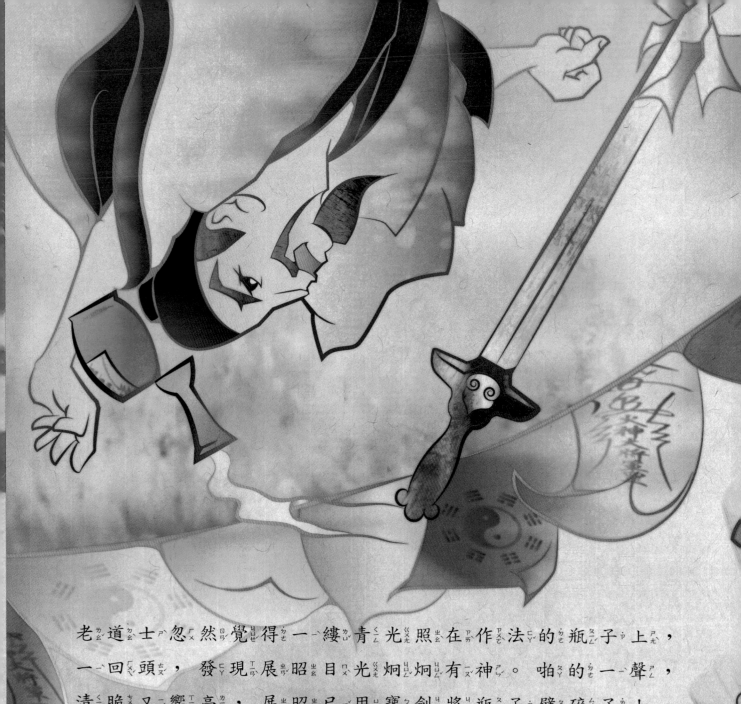

老道士忽然覺得一縷青光照在作法的瓶子上，一回頭，發現展昭目光炯炯有神。啪的一聲，清脆又響亮，展昭已用寶劍將瓶子劈碎了！
「啊！」老道士驚恐的大叫，嚇得從高臺重重的摔到地上，沒氣了。

展昭聽了了，連忙直奔城裡。城門
關了，他就用繩索爬進城牆，
立刻前往龐太師府。展昭用輕功
跳進花園，只見一個法臺搭得很
高，點了蠟燭焚著香，有一個老
道士在作法。展昭輕聲的走上高
臺，抽出劍來。

老ㄌㄠˇ道ㄉㄠˋ士ㄕˋ忽ㄏㄨ然ㄖㄢˊ覺ㄐㄩㄝˊ得ㄉㄜˊ一ㄧˋ縷ㄌㄩˇ青ㄑㄧㄥ光ㄍㄨㄤ照ㄓㄠˋ在ㄗㄞˋ作ㄗㄨㄛˋ法ㄈㄚˇ的ㄉㄜ瓶ㄆㄧㄥˊ子ㄗˇ上ㄕㄤˋ，一ㄧˋ回ㄏㄨㄟˊ頭ㄊㄡˊ，發ㄈㄚ現ㄒㄧㄢˋ展ㄓㄢˇ昭ㄓㄠ目ㄇㄨˋ光ㄍㄨㄤ炯ㄐㄩㄥˇ炯ㄐㄩㄥˇ有ㄧㄡˇ神ㄕㄣˊ。啪ㄆㄚ的ㄉㄜ一ㄧˋ聲ㄕㄥ，清ㄑㄧㄥ脆ㄘㄨㄟˋ又ㄧㄡˋ響ㄒㄧㄤˇ亮ㄌㄧㄤˋ，展ㄓㄢˇ昭ㄓㄠ已ㄧˇ用ㄩㄥˋ寶ㄅㄠˇ劍ㄐㄧㄢˋ將ㄐㄧㄤ瓶ㄆㄧㄥˊ子ㄗˇ劈ㄆㄧ碎ㄙㄨㄟˋ了ㄌㄜ！

「啊ㄚ！」老ㄌㄠˇ道ㄉㄠˋ士ㄕˋ驚ㄐㄧㄥ恐ㄎㄨㄥˇ的ㄉㄜ大ㄉㄚˋ叫ㄐㄧㄠˋ，嚇ㄒㄧㄚˋ得ㄉㄜ從ㄘㄨㄥˊ高ㄍㄠ臺ㄊㄞˊ重ㄓㄨㄥˋ重ㄓㄨㄥˋ的ㄉㄜ摔ㄕㄨㄞ到ㄉㄠˋ地ㄉㄧˋ上ㄕㄤˋ，沒ㄇㄟˊ氣ㄑㄧˋ了ㄌㄜ。

展昭發現桌上有一個木頭人，就把它挾在懷裡，另一手捧著香爐，躍下法臺，找到龐太師的書房。聽到龐太師說：「等天亮就滿六天，明天就成功了。誰叫包拯敢斬了我的兒子？以後看誰還敢和我作對？」

說到這裡，只聽到磅啷的巨響，大玻璃被打破了，飛進來一個香爐。龐家的人嚇得魂都要飛了，等心稍定，追出來看，卻早已不見人影。展昭離開了花園，就直奔開封府。

展昭見了公孫策，把木頭人拿了出來，公孫策和眾人都不明白是怎麼回事。公孫策再仔細一看，才發現上面有字，寫的是包公的名字與生辰。公孫策驚訝的說：「這使的是妖魔道術！」

26

展昭正說著事情的經過，這時僕人跑來高興的
大喊：「相爺已經醒過來了，現在正坐著吃粥
呢！派我出來說，要立刻見見展義士！」這時
公孫策陪同展昭，來到書房參見包公。

包公感激的說：「我真不知怎樣答謝！這次如果不是靠義士的幫忙，我這條命就沒了！」

展昭連忙說：「不敢，不敢，您客氣了！相爺行事公正，蒼天必會庇佑，果然身體恢復了！」

31

公孫策在一旁說：「前次相爺曾派人送信去，正好您外出，沒想到今天展昭兄就在眼前。」

展昭笑著說：「我在江湖遊走，聽說您封了相，等不及要來恭賀，沒想到在通真觀聽到此事，所以就連夜趕來。」

不久後，包公將這件事稟報皇帝。雖然龐太師身為皇帝的親戚，但因為展昭收集了足夠的證據，仁宗皇帝仍親自下令懲治了龐太師。而展昭救包公的事被皇帝知道了，就命包公帶展昭入宮，要親自看看他的本領。

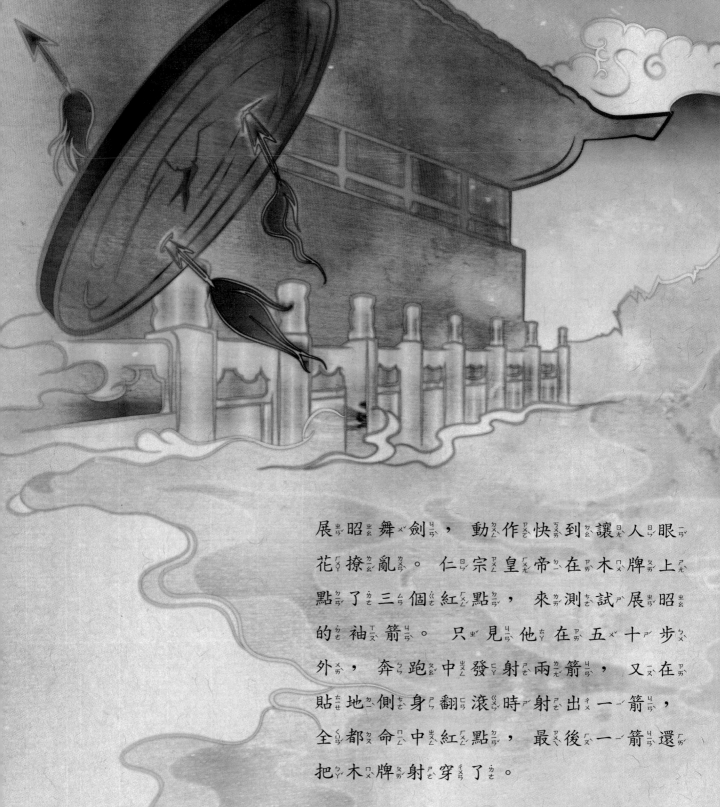

展昭舞劍，動作快到讓人眼花撩亂。仁宗皇帝在木牌上點了三個紅點，來測試展昭的袖箭。只見他在五十步外，奔跑中發射兩箭，又在貼地側身翻滾時射出一箭，全都命中紅點，最後一箭還把木牌射穿了。

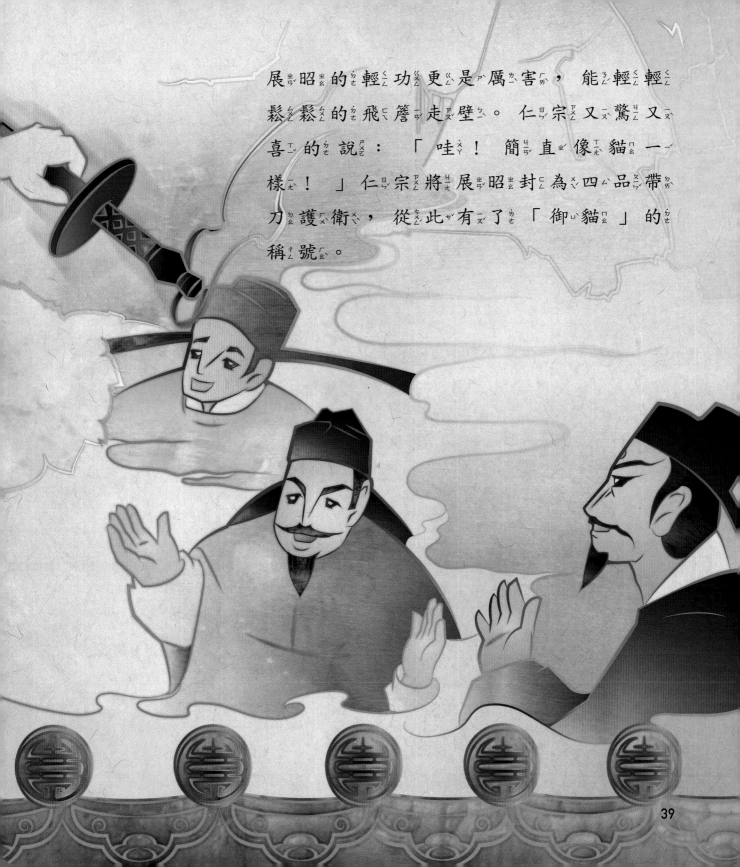

展昭的輕功更是屬害，能輕輕
鬆鬆的飛簷走壁。仁宗又驚又
喜的說：「哇！簡直像貓一
樣！」仁宗將展昭封為四品帶
刀護衛，從此有了「御貓」的
稱號。

因ㄧㄣ為ㄨㄟˋ包ㄅㄠ公ㄍㄨㄥ清ㄑㄧㄥ廉ㄌㄧㄢˊ公ㄍㄨㄥ義ㄧˋ，許ㄒㄩˇ多ㄉㄨㄛ俠ㄒㄧㄚˊ士ㄕˋ前ㄑㄧㄢˊ來ㄌㄞˊ相ㄒㄧㄤ助ㄓㄨˋ，共ㄍㄨㄥˋ有ㄧㄡˇ
「七ㄑㄧ俠ㄒㄧㄚˊ」和ㄏㄜˊ「五ㄨˇ義ㄧˋ」。展ㄓㄢˇ昭ㄓㄠ是ㄕˋ七ㄑㄧ俠ㄒㄧㄚˊ的ㄉㄜ˙代ㄉㄞˋ表ㄅㄧㄠˇ，幫ㄅㄤ
助ㄓㄨˋ包ㄅㄠ公ㄍㄨㄥ偵ㄓㄣ破ㄆㄛˋ了ㄌㄜ˙許ㄒㄩˇ多ㄉㄨㄛ奇ㄑㄧˊ案ㄢˋ，這ㄓㄜˋ些ㄒㄧㄝ事ㄕˋ跡ㄐㄧ到ㄉㄠˋ現ㄒㄧㄢˋ在ㄗㄞˋ還ㄏㄞˊ流ㄌㄧㄡˊ
傳ㄔㄨㄢˊ著ㄓㄜ˙，常ㄔㄤˊ常ㄔㄤˊ被ㄅㄟˋ人ㄖㄣˊ稱ㄔㄥ誦ㄙㄨㄥˋ。

《七俠五義》最早是石玉崑編寫的說書底本，後由俞樾潤色改編而成。和他們相關的人物在歷史上有什麼成就呢？

俞樾（1821～1907年），號曲園，清末著名學者。他曾短暫當過官，但被攻訐罷官，後來便專心從事經學研究，成就很受後世推崇。俞樾閱讀了《三俠五義》後，非常喜愛，便加以修訂，改寫成《七俠五義》。下圖為俞樾像。

TOP PHOTO

俞樾

相關的人物

石玉崑

包拯

石玉崑，號問竹主人，清朝道光咸豐時著名的說書人。他擅長講包公為民伸冤、機智判案的故事，一時風靡了北京城。後來他就將這些說話原稿收集編寫為長篇章回小說《三俠五義》。

包拯，北宋官員。曾擔任開封府尹，為官清廉剛正，斷獄精明，在世時深得民心，過世後他的事跡更是越傳越神奇，成為民間故事中「日斷陽事，夜斷陰事」的「包青天」形象，又被尊稱為「包公」。不論《三俠五義》或是《七俠五義》，都是以他為主角所延伸出的故事。

因ㄧㄣ為ㄨㄟ包ㄅㄠ公ㄍㄨㄥ清ㄑㄧㄥ廉ㄌㄧㄢ公ㄍㄨㄥ義ㄧ，許ㄒㄩ多ㄉㄨㄛ俠ㄒㄧㄚ士ㄕ前ㄑㄧㄢ來ㄌㄞ相ㄒㄧㄤ助ㄓㄨ，共ㄍㄨㄥ有ㄧㄡ「七ㄑㄧ俠ㄒㄧㄚ」和ㄏㄜ「五ㄨ義ㄧ」。展ㄓㄢ昭ㄓㄠ是ㄕ七ㄑㄧ俠ㄒㄧㄚ的ㄉㄜ代ㄉㄞ表ㄅㄧㄠ，幫ㄅㄤ助ㄓㄨ包ㄅㄠ公ㄍㄨㄥ偵ㄓㄣ破ㄆㄛ了ㄌㄜ許ㄒㄩ多ㄉㄨㄛ奇ㄑㄧ案ㄢ，這ㄓㄜ些ㄒㄧㄝ事ㄕ跡ㄐㄧ到ㄉㄠ現ㄒㄧㄢ在ㄗㄞ還ㄏㄞ流ㄌㄧㄡ傳ㄔㄨㄢ著ㄓㄜ，常ㄔㄤ常ㄔㄤ被ㄅㄟ人ㄖㄣ稱ㄔㄥ誦ㄙㄨㄥ。

七俠五義

包青天為民伸冤

讀本

原典解說◎王洛夫

**與七俠五義
相關的……**

44　人物

46　時間

48　事物

50　地方

走進原典的世界

52　七俠五義

56　包拯

60　展昭

64　龐太師

編後語

68　當七俠五義的朋友

69　我是大導演

《七俠五義》最早是石玉崑編寫的說書底本，後由俞樾潤色改編而成。和他們相關的人物在歷史上有什麼成就呢？

俞樾（1821～1907年），號曲園，清末著名學者。他曾短暫當過官，但被攻訐罷官，後來便專心從事經學研究，成就很受後世推崇。俞樾閱讀了《三俠五義》後，非常喜愛，便加以修訂，改寫成《七俠五義》。下圖為俞樾像。

TOP PHOTO

俞樾

相關的人物

石玉崑

包拯

石玉崑，號問竹主人，清朝道光咸豐時著名的說書人。他擅長講包公為民伸冤、機智判案的故事，一時風靡了北京城。後來他就將這些說話原稿收集編寫為長篇章回小說《三俠五義》。

包拯，北宋官員。曾擔任開封府尹，為官清廉剛正，斷獄精明，在世時深得民心，過世後他的事跡更是越傳越神奇，成為民間故事中「日斷陽事，夜斷陰事」的「包青天」形象，又被尊稱為「包公」。不論《三俠五義》或是《七俠五義》，都是以他為主角所延伸出的故事。

宋仁宗，北宋皇帝，在位期間對外與西夏、遼國維持和平，對內起用范仲淹進行慶曆新政，但因反對勢力過大而不了了之。仁宗勤政愛民，受到朝野一致愛戴，《七俠五義》「貍貓換太子」中的太子就是指仁宗。右圖為宋仁宗趙禎像。

TOP PHOTO

宋仁宗

潘祖蔭

潘祖蔭，晚清大臣。他喜愛收藏古玩、字畫、金石、善本書，眼光獨到，被稱為「潘神眼」。他與俞樾十分友好，就是他將《三俠五義》推薦給俞樾的。

俞平伯

俞銘橫，字平伯，現代文學家、紅學家，俞樾的曾孫。他出身於書香世家，從小對古典文學浸淫甚深，又參與了新文化運動，推廣白話文。他也標點、校勘過《三俠五義》，保存了故事的原始面貌。

《七俠五義》敘述宋代包公與群俠的故事，但作者與成書時代卻是在動盪的晚清，反映人民渴望伸張正義的心願。

1840 ～ 1842 年，1856 ～ 1860 年

清朝道光年間，英國商人在廣州走私鴉片，朝廷於是頒布禁煙令，派林則徐銷毀鴉片，引發了第一次中英鴉片戰爭，中國戰敗。後來太平天國起義，英法趁機聯軍進攻，中國再敗。石玉崑、俞樾都是生活在這一時期的人，見證了清朝的衰敗。下圖為第二次鴉片戰爭期間英法聯軍攻佔北京，法軍與清兵交戰的情景。

鴉片戰爭

相關的時間

TOP PHOTO

1850 年

俞樾在道光年間中了進士，當上朝廷官員，遷居北京。他考試時的閱卷官是曾國藩，試帖詩得到曾國藩的大加賞識。幾年後他出任河南學政，成為當地的科舉主考官。

俞樾中試

太平天國

1851 ～ 1864 年

洪秀全等平民率領軍隊在廣西起義，對抗滿清，國號「太平天國」，攻下南京並定都於此。太平天國以基督教義為宗，統治南方各省達十三年，在與清廷的對峙中，造成傷亡無數，清朝也因此快速衰落。右圖為1860 年倫敦畫報刊載英國畫家仿太平天國事件中清軍戰報的繪圖〈勦滅粵匪圖〉。

TOP PHOTO

罷官

1857 年

這一年俞樾被彈劾，御史說他「割裂經義」，就是拿四書五經的話語拼成一個新句子，斷章取義來出題。雖然俞樾本意是希望考生發揮創意，不要讀死書，但思維傳統的朝廷仍然無法接受他這種前衛的思想，還是將他罷官。

避難

1860 年

罷官後俞樾移居蘇州，潛心研究學術，在書院中講學。這一年，太平天國起義軍攻克江南，俞樾避難到新市，居留了半個月。他曾在這裡考證宋朝覺海禪寺所用木料上的文字乃伐木工人所刻，而非傳說中的神仙手筆，破除了迷信。

築園

1875 年

俞樾得到友人資助，在蘇州建築了一座園林居住以終，因為地形彎曲，取名「曲園」，自號曲園居士。他在這生活了三十餘年，對經學、文學、小學都有研究，著作等身，培養人才無數。

七俠五義出版

1889 年

石玉崑的《三俠五義》在 1879 年出版，俞樾從朋友潘祖蔭那裡得到《三俠五義》，看完後大為驚嘆，著手再加潤飾刪改。他認為書中的南俠、北俠與雙俠應該是四俠而不是三俠，然後加上暗俠、盜俠、小俠總共七俠，便改書名為《七俠五義》，在 1889 年出版。

包公故事多采多姿，版本卻也多變。《七俠五義》結合了俠義與公案，故事中常見俠士與捕快除暴安良的場景。

由《七俠五義》俞樾根據《三俠五義》改編而成，一百二十回。全書以包公為主角，敘述包公感化江湖豪傑，讓他們行俠仗義、除暴安良、為朝廷立功的故事。此書文筆比《三俠五義》更為流暢，不過劇情有部分更動。包公故事也是後代京劇的熱門題材。左圖為包公形象的京劇臉譜。

TOP PHOTO

七俠五義

相關的事物

《三俠五義》本名《忠烈俠義傳》，一百二十回，由《龍圖公案》改編而成。《三俠五義》是說書人石玉崑說話的底本。在《龍圖公案》中，五鼠是五個妖怪，玉貓是一隻神貓，《三俠五義》中則演變成五個俠義之士與御貓展昭。

三俠五義

俠義小說是中國古典小說的一種類型，以俠客、義士為主角，描述他們路見不平、拔刀相助的故事。有時會與清官判案的公案小說合流，如《七俠五義》中七俠與五鼠歸順包公，為他效力。俠義小說演變成現代的武俠小說。

俠義小說

説書 説書又稱「説話」，是一種民間表演藝術。説書人一人分飾多角，在舞台上或路邊講唱故事給觀眾聽，內容通常是歷史或傳奇故事。許多小説就是從説書底本演變而來的，如《七俠五義》。右圖為説書藝人的象牙圓雕，安徽博物院藏。

TOP PHOTO

龍圖公案 元朝時已有許多包公的故事，到了明朝，這些故事演變成雜記體小説，就是《龍圖公案》，又名《包公案》，因為包拯當過龍圖閣直學士。然而這本書文筆不佳，後來被修改成長篇章回體小説，成為《三俠五義》的前身。

主簿 主簿是古代文官，職責是輔佐縣令，主管文書工作，差不多等於現代的秘書。如包公身旁足智多謀的公孫策就是主簿。然而在故事中，公孫策時常被稱為「師爺」，這是明清流行的稱呼，意指私人顧問，反映了小説創作的時代背景。

捕頭 捕頭是古代武官，任職於衙門，負責捕捉犯人，差不多等於現代的警官。捕頭是衙差的統帥，下屬稱為捕快。如包公故事中武藝高強的王朝、馬漢、張龍、趙虎，就是著名的「四大名捕」。

包公任官的開封府為古今一大名城，將包公故事改編為
《七俠五義》的俞樾，所到之處也留下不少足跡供人追念。

開封在歷史上有大梁、汴州、汴京、東京各種別稱，許多朝代都
在此定都。北宋首都也在此地，當時的開封是世界第一大城。河
南開封如今建有包公祠（如下圖），以紀念包公的德政。

TOP PHOTO

開封

相關的地方

北京又稱燕京，中國著名的古都之一，
金、元、明、清都以它為首都。北京擁有
豐厚的歷史文化底蘊，也是傳統藝術的發
達地與集散地，其中最有名的是京劇。石
玉崑就是在北京說包公故事並大受歡迎。

北京

浙江德清

德清縣介於湖州市與杭州市之間，位於長江三角洲中心
地帶，有山有水，經濟發達，還是良渚文化的發祥地之
一。境內有著名的莫干山，是有名的避暑勝地，以涼綠
清靜著稱。這裡也是俞樾的故鄉。

杭州詁經精舍

西湖邊的詁經精舍是清朝杭州四大書院之一，由著名學者阮元創立。書院就是古代學者授課的地方，類似現在的大學。俞樾在這間學校講學了三十餘年，影響並造就了許多優秀學子。

俞樓

俞樓位於杭州西湖孤山南麓、西泠印社旁，是俞樾的故居。俞樾當年任教詁經精舍時住在「第一樓」，由於他大受學生歡迎，有學生便將第一樓改名俞樓；後來更有學生集資另建一棟俞樓給俞樾住，新俞樓也成為西湖勝景。

蘇州紫陽書院

中國有許多間紫陽書院，其中蘇州的紫陽書院由學者官員張伯行創立。這間書院培養出許多人才，俞樾罷官後，曾經由同年進士李鴻章推薦，在這裡擔任主講。書院原址是現在的蘇州中學，裡面還保留著當時的遺跡。

蘇州曲園

蘇州曲園是俞樾故居，是俞樾晚年打造、居住的一方樂土，位於蘇州。由於地如曲尺形，曲園因此得名。曲園面積很小，但由於結構曲折多變，反而有以小見大之奇。曲園現在是開放遊客參觀的古蹟景點，如下圖。

TOP PHOTO

七俠五義

　　《七俠五義》的作者石玉崑是一位說書人，他改寫民間流傳的章回小說《龍圖公案》，將原本帶有神怪色彩的御貓和五鼠，改寫成俠士展昭和陷空島的五位義士，讓故事更精彩。後來又由俞樾改編，讓文詞更為優美。

　　包公，姓包名拯，曾任職開封府，斷案精明，是宋仁宗時代的真實人物，一生事跡見於《宋史‧包公傳》。民間流傳的故事便根據正史衍生而出。書中的俠士們都是虛構的，正史上出現的僅有包公、宋仁宗、八王、劉太后、李妃、龐太師等人。

　　包公所斷的案件中最有代表性的是「狸貓換太子」。宋仁宗的生母，原是服侍劉太后的李妃，在章回小說呈現出人們心中對正義的深切期待，故事安排讓宋仁宗和雙目失明的老母團圓；而用狸貓換走太子的劉太后，下場則是因畏罪而嚇死。但正史上記載

史策流傳已不真，稗官小說更翻新。……只因這部俠義傳，本名《龍圖公案》，正以包公為書中之主，而敘包公事，又以審狸貓換太子一事為最大一案。

—《七俠五義‧第一回》

的李妃，是在仁宗的父親真宗皇帝過世時陪葬。仁宗因為劉太后對自己有養育之恩，懲處太后恐怕有違孝道，只好不再追究。史書上未必能記錄得完全真實，小說則更增加許多想像的內容。

廉潔正直的官吏一直是人們渴望出現的，現實中卻常令人大失所望，所以人們也期盼能有俠士出現，路見不平，拔刀相助，可以說是不靠官府的一種「自力救濟」。七俠五義結合了「清官」和「俠士」，實現了讀者大眾的夢想，對世道人心頗有教化作用，是公案類小說發展到極致的作品。

書中除了寫包公的忠義和明智，還塑造了七俠和五義，協助包公明查暗訪，具有正面的清新形象。結尾多以喜劇收場，與《水滸傳》等小說中官逼民反的悲劇收場不同。

七俠五義

第一回

本傳稱包公立朝剛毅，貴戚宦官為之斂手。京師為之語曰：「關節不到，有閻羅包老。」此言其正色立朝，非謂其裝神弄鬼也。——《七俠五義·第一回》

　　《龍圖公案》中的包公嫉惡如仇，絕不縱容偷矇拐騙的惡霸和有權有勢的貪官，因此讓他們收斂非法行徑，不敢任意為非作歹。

　　一般官吏幾乎都巴不得結交權貴，誰敢得罪他們？相較於此，包公仍堅持正義，站在善良百姓的一邊，讓許多隱藏的冤情得以平反。當犯案的人自以為做得天衣無縫，包公卻能憑著蛛絲馬跡破案，好像有鬼神相助一樣。京城裡有稱誦他的歌謠，稱他為「閻羅包老」，但這並不是說他裝神弄鬼，而是說他在朝廷中端正莊嚴的神

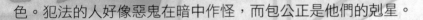

色。犯法的人好像惡鬼在暗中作怪，而包公正是他們的剋星。

　　書中描述包公雖然剛直，但待人卻寬厚誠懇，並未使用嚴刑峻法。因此江湖上許多俠士都主動相助，奇案因此水落石出。歷史上嚴峻的官員往往不得人心，包公雖然鐵面無私，卻同時善於體恤，為民伸張正義，所以能得到大家的讚賞。

　　包公賢明、公正、寬大、仁慈又清廉，因此能召募到七俠和五義助他替天行道。「七俠」包括南俠展昭、北俠歐陽春、丁兆蘭、丁兆惠、暗俠智化、盜俠沈仲元、小俠艾虎。這些俠士功夫好，本領高，足智多謀，且樂於行善助人。

　　「五義」是指陷空島五鼠。錦毛鼠因除奸臣闖入皇宮；鑽天鼠盧方曾因救助被擄的女子，遭誤認為殺人犯；徹地鼠韓彰、翻江鼠蔣平、穿山鼠徐慶為救盧方，曾經夜闖開封府。但包公仁慈寬大，肯定五鼠的俠義行徑，還給他們封了官職，讓他們由衷敬佩，甘心樂意的為包公效力。

　　《七俠五義》表現出人們從古到今對政治清明和社會公義的渴望，也推崇俠義忠恕的精神，為被壓迫的善良百姓發聲。

包拯

　　包公辦的都是奇案，非常需要一等一的人才。他有知人善任的智慧，能夠網羅江湖豪傑，讓豪傑們感念他的知遇之恩。又因為廉明公正，連皇帝生母也找他伸冤，足見他受人敬重和信任的程度。

　　因為事關親生母親的冤案，仁宗皇帝很關心錦毛鼠白玉堂誅殺奸臣郭安的案情，常詢問包公。恰巧鑽天鼠盧方因救人得罪惡霸，還被誣陷殺人，翻江鼠蔣平、穿山鼠徐慶為救盧方，夜闖開封府。後來案情澄清，他們開始在開封府中當差。包公向仁宗皇帝推薦這幾位俠士時，皇帝很想查驗他們的本事。

　　在包公上朝時，三鼠與包公一起覲見皇帝，在御花園中展現本領。大哥鑽天鼠盧方縱身一跳，輕巧的爬上高高的旗桿，迅速解下了纏住旗桿的旗帶。三弟穿山鼠徐慶的本事是鑿洞，他在皇宮花園中的萬壽山鑽來鑽去，大家還沒看清楚，他已經鑽了好幾個洞。

　　翻江鼠蔣平個頭小，看來很不起眼，但卻能在水中張開眼睛看

包公奏道：「是他五個人的綽號：第一是盤桅鼠盧方，第二是徹地鼠韓彰，第三是穿山鼠徐慶，第四鼠是混江鼠蔣平，第五是錦毛鼠白玉堂。現今唯有韓彰、白玉堂不知去向。」—《七俠五義·第四十八回》

得清楚，還能在水中住上一個月。仁宗皇帝命令太監將他心愛的金蟾蜍放在皇宮花園的小湖中，只見蔣平像魚一樣靈活的潛進水中尋找，過了許久都沒浮上來，大家以為他淹死了，他卻忽然從水波中露了出來，雙手一張，金蟾蜍正呱呱的大叫呢！皇帝開了眼界，也對包公為國舉才頗表贊同。

　　包公並不刻意討好皇帝，正因他的真誠無偽，使皇帝龍心大悅，對他更加信任。江湖豪傑因為他的薦舉而被重用，加強了榮譽感，因此更盡心盡力。

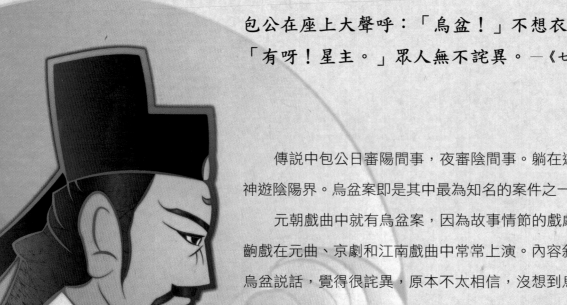

包公在座上大聲呼：「烏盆！」不想衣服內答應道：「有呀！星主。」眾人無不詫異。—《七俠五義‧第五回》

傳說中包公日審陽間事，夜審陰間事。躺在遊仙枕上，就可以神遊陰陽界。烏盆案即是其中最為知名的案件之一。

元朝戲曲中就有烏盆案，因為故事情節的戲劇效果很強，讓這齣戲在元曲、京劇和江南戲曲中常常上演。內容敘述一名老翁聽到烏盆說話，覺得很詫異，原本不太相信，沒想到烏盆娓娓哭訴了自己的冤情，和近來發生的案件吻合。烏盆拜託老翁向包公投訴，老翁雖十分為難，但仍然願意一試。

老翁帶著烏盆去見包公，包公聽到這件怪事，雖然覺得十分荒唐，但還是願意聽老翁說明案情。接下來包公審問烏盆，沒想到烏盆卻不回答，包公也不生氣，只命人將老翁帶出去。老翁問烏盆，

烏盆説是門神攔阻，不敢進去。老翁又到堂前喊冤，包公提筆寫了字，要衙役拿到門前焚燒，再將老翁帶了進來。這一次包公問烏盆，烏盆又不回答，包公不由得生氣的説：「大膽！敢戲弄本官？」

老翁被打了十板，只好一拐一拐的走了出去。他問烏盆：「怎麼又不進去？」烏盆説：「因為我赤身露體，不好意思進去。」老翁揉揉腿説：「我已經被打了十下，這樣下去，腿就完了。」但烏盆一直哀求，老翁心軟，就只好使出最後一個方法——坐在地上哀號。包公在堂內聽了，發現老翁竟然還堅持要告，覺得確實有冤情，又把老翁帶上堂，給了烏盆一件衣服。這次，烏盆真的開口説話了，包公因此將趙大和刁氏的奸情偵破。

烏盆案展現包公仁慈為民的胸懷，願意傾聽民眾的冤情。為他效力的江湖豪傑們，也常在社會各角落體察百姓的愁苦，為他們伸冤。只要有難斷的冤案，不論是人是鬼，大家不約而同的就會想到包公。

展昭

御貓展昭發現錦毛鼠白玉堂向他挑戰，潛入宮中除滅奸臣之後，隱身於江湖，一直還未被尋獲。白玉堂還從開封府盜走皇帝賜給包公的三寶，讓展昭覺得顏面無光。展昭聽說白玉堂可能在陷空島，於是不顧其他俠士的警告，決定獨自一人去闖一闖。

展昭雖然功夫過人、智勇雙全，卻因太過自負，自認為是最有英雄氣魄的獨行俠，以至於大意輕敵，不知道自己很早就被盯上，一步一步走進白玉堂佈下的陷阱中。當展昭展現輕功，想潛入通天窟白玉堂宅邸的時候，還沒來得及轉身，就已經踏到機關，翻起了木板，整個人掉了下去。只聽到一聲鑼響，許多人喊著：「捉到了！捉到了！」在木板的下面，半空中懸掛著一個用皮做的囊袋，四面都是活動的套結，把展昭牢牢的套住，再也不能掙脫逃離。

展昭正氣凜然的被綁起來帶去見白玉堂，臉上毫無懼色。白玉堂十分得意，故意對展昭說：「小弟不知展兄駕到，以為捉住了刺客，不料卻是御貓，真是意想不到。」還笑著對著朋友說：「這是

且說展爺見了是假人，已知中計，才待轉身，那知早將鎖簧踏著，登翻了木板，落將下去。只聽一陳鑼聲亂響，眾人嚷道：「得咧！得咧！」原來木板之下，半空中懸著一個皮兜子，四面皆是活套，再也不能掙扎。──《七俠五義．第五十四回》

四品護衛啊！」將他取笑了一番，挫了他的銳氣，自覺為陷空島五鼠增添了顏面。

　　白玉堂有自己的行事風格，不受成規壓迫與拘束，亦正亦邪，充滿了生命力，雖是個難得的人才，但做事偏激，過於囂張，與展昭飄逸正派的形象形成對比。因為作者石玉崑是一個說書人，所以書中有些逗弄的戲謔段落，頗有類似說單口相聲的趣味，讀者可以試想當時說唱的精采場面。

早見展爺托定三寶，進了廳內，笑吟吟的道：「五弟，劣兄幸不辱命，已將三寶取回，特來呈閱。」白玉堂忽見著展爺，手托三寶，更覺詫異；又見盧大哥，丁二爺在廳外站立。——《七俠五義·第五十六回》

　　展昭到了陷空島，先是被白玉堂戲弄了一番，但後來他懂得運用智慧，冷靜面對，再度展現了俠士風範。

　　展昭知道白玉堂愛逞英雄，就勸他勇敢的向開封府投案。白玉堂一向在江湖自由來去，不喜歡官府的束縛，怎麼可能投案？展昭向白玉堂挑戰，要他說出願意投案的條件，白玉堂因為捉了展昭，志得意滿，就誇口說如果展昭能找回藏在島上的三寶，就答應前往開封府。

　　展昭是丁兆蘭、丁兆惠兩位俠士的妹夫，兩位兄弟用計來救，跟蹤並打昏了白玉堂的手下，喬裝成他們的樣子，進到陷空島救出展昭。展昭隨後攔截了白玉堂派來取三寶的親信，取回了三寶。

　　三天還沒到，展昭就笑吟吟的捧著三寶，走到白玉堂宅邸的大廳外，讓白玉堂大吃一驚。這下白玉堂若是反悔，說話不算話，就

會被天下英雄恥笑。但去投案的結果難以預料，搞不好連命都沒了。他一時沒辦法，只好奪門而出。在乘船離島時，白玉堂被熟知水性的蔣平設計捉回，用激將法讓他投案。

結果包公不但不把白玉堂當犯人，還待他極為禮遇。皇帝得知白玉堂到案，親自見了他。為獎賞他除去奸臣，特將展昭原職的四品護衛讓他接任，而展昭則因功升任二品護衛。至此白玉堂終於口服心服，願為開封府效勞。展昭也發現，這次能破奇案，是靠江湖豪傑們各展本事，缺一不可。

展昭智勇雙全，武藝蓋世，卻曾因此太過孤傲，獨斷獨行，不把江湖豪傑放在眼裡。經過陷空島遇險，方知獨來獨往不足以成大事，需與豪傑們齊心協力，才會圓滿周延。

龐太師

　　龐太師身為宰相，又是皇帝的岳父，官位之高，可說是「一人之下，萬人之上」，沒有人能與他為敵。

　　龐太師忙於爭權奪利，對兒子龐昱不僅疏於管教，更默許他擴張龐家的權勢。龐昱有父親當靠山，自己又身為安樂侯，驕縱得目中無人。有一年他奉御旨賑災，領了國庫的銀兩，卻反將百姓裡頭年輕力壯的男丁，挑去為自己蓋花園，還強掠民間婦女，美貌的作為姬妾，才貌普通的當作奴婢。

　　一晚，太守緊急求見，稟報說：「今早接得文書，聖上派包公前來查賑災情形，算來五日內必到，請早做準備。」但龐昱目中無人的說：「包黑子是我父親的門生，諒他不敢查我。」他這麼說，是因為他以為包公也像其他官員一樣，必須靠巴結龐太師獲得些好處，畢竟，誰會與自己的前途過不去？不料蔣完卻說：「我聽說包公鐵面無私，皇上賜給他御鍘三口，不能不怕呀！」這三口鍘，一

龐昱道：「包黑子為吾父門生，諒不敢不迴避我！」
蔣完道：「侯爺休如此說！聞得包公秉正無私，御賜
御鍘三口，甚屬可畏！」—《七俠五義·第十二回》

是龍頭鍘，可斬公卿貴族；二是虎頭鍘，可斬政府官吏；三是狗頭鍘，
可斬平民百姓。

　　龐昱這才開始擔心起來，決定不擇手段，派刺客去暗算包公。
他不知道展昭已經先來暗中訪查，所有龐昱的惡形惡狀，都被展昭
掌握得一清二楚。展昭先救了金玉仙，又捉了刺客。證據確鑿後，
包公下令在龐昱逃亡的路上將他攔截。

　　刺客招認，貪汙情事也被查出。龐昱以為有父親撐腰，必可大
事化小，小事化無，所以大膽的認了罪，畫了押。沒想到包公因為
有皇帝御賜的龍頭鍘，可以不必上報，所以沒等回到開封府，即刻
行刑。包公斬了龐昱之後，消息才傳到龐太師那裡，龐太師暴怒不
已。這是龐太師為子報仇，設計陷害包公的前因。

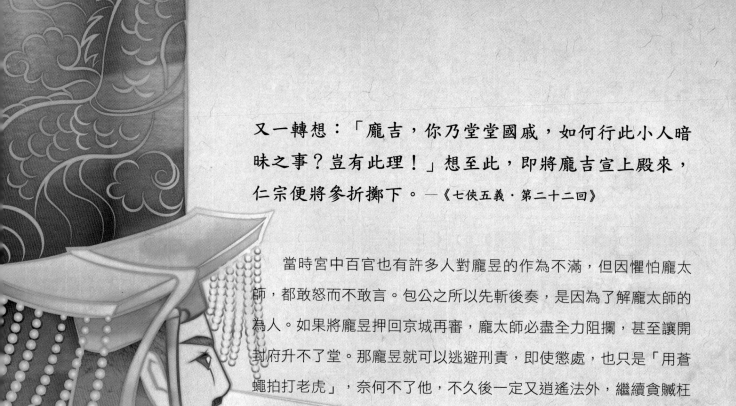

又一轉想：「龐吉，你乃堂堂國戚，如何行此小人暗昧之事？豈有此理！」想至此，即將龐吉宣上殿來，仁宗便將參折擲下。——《七俠五義·第二十二回》

　　當時宮中百官也有許多人對龐昱的作為不滿，但因懼怕龐太師，都敢怒而不敢言。包公之所以先斬後奏，是因為了解龐太師的為人。如果將龐昱押回京城再審，龐太師必盡全力阻攔，甚至讓開封府升不了堂。那龐昱就可以逃避刑責，即使懲處，也只是「用蒼蠅拍打老虎」，奈何不了他，不久後一定又逍遙法外，繼續貪贓枉法欺壓百姓。

　　包公斬了龐昱，不知讓古今多少讀者人心大快！犯法者當受法律制裁，但龐太師久居高位，對包公的判決哪肯接受？

包公行事端正，龐太師沒辦法找他麻煩，於是找了一個道士設壇作法，用妖蠱的道術，要置包公於死地。包公開始莫名其妙的昏迷不醒，七天之後，恐怕就會沒命。幸得展昭相救，毀了祭壇，帶回作法的木頭人。破了法術之後，包公不藥而癒。

　　此事之後，龐太師還動用了所有的權勢要對付包公。恰好有一人假冒包公姪兒，向地方官吏勒索旅費，官吏不敢得罪包公，只好奉上銀兩。龐太師利用機會，公報私仇，要他的女婿和親信一起審案，為的就是要確定罪刑，在皇帝那裡參包公一本，說他利用官職縱容子弟。後來包公姪兒出面，案情明朗，龐太師結黨胡作非為的事也就曝光了。

　　龐太師身為國師，卻使用卑鄙奸巧的手段，可說是罔顧國法。宋仁宗知道了，宣龐太師進殿當廷斥責，並罷去官職。而這一斥責，也不知為古今多少曾被權貴壓迫的人們出氣。

　　龐太師擅弄權術，霸道又陰險。《七俠五義》宣揚「法律之前，人人平等」的觀念，反對貪官汙吏濫用職權，主張善良百姓的人權和尊嚴，因此能深入人心，流傳久遠。

當七俠五義的朋友

開封有個包青天，鐵面無私辨忠奸。小時候，我們常聽大人們講包青天的故事，戲台上、電視上也一再搬演包大人能通鬼神、為民伸冤的戲劇。那個面目通黑，眉間有弦月的人間判官，一直以來是中國人心目中好官的最佳代表。

當包青天下令：「開鍘——」那些原本無惡不作的囂張惡棍，這下子都嚇得面色慘白；而那些睥睨司法、目中無人的皇親國戚，也只能俯首就死。每當看到包青天替天行道，將人世間的邪惡一一清除時，底下早在那邊指天罵地、咬牙切齒的觀眾，無不痛快，拍掌叫好！

不過，戲終歸是戲，現實中哪能除惡務盡？又怎會是非分明？人人皆知如此，但包青天的故事卻讓這些生在混濁人世間的眾生看得投入，簡直分不清戲裡戲外了！這些讓人一吐悶氣的精采故事，原來都出自《七俠五義》。

《七俠五義》裡的包青天不單靠自己一個人，而是有許多英雄好漢幫助辦案。忠誠的左右手王朝和馬漢，是包公在司法體系中最得力的戰將。但光是在白道中往來，畢竟無法施展自如，這時就要靠江湖豪傑來相助了！

鑽天鼠、徹地鼠、穿山鼠、翻江鼠，個個身手不凡。別忘了還有御貓展昭，他經常救人於危難，又不拿錢，是俠士的典型。錦毛鼠白玉堂行止瀟灑，是個無可救藥的理想派。兩人雖愛相鬥，但都有著共同的價值觀——講誠信，重然諾，行公義，因此能協助包公，在社會角落體察微弱的冤苦哀哭，為百姓伸張正義。

快來和《七俠五義》做朋友吧！看包公明察秋毫，看群俠飛天遁地，讓你的正義感與想像力一同奔馳！

我是大導演

看完了七俠五義的故事之後，
現在換你當導演。
請用紅圈裡面的主題（包公），
參考白圈裡的例子（例如：展昭），
發揮你的聯想力，
在剩下的三個白圈中填入相關的詞語，
並利用這些詞語畫出一幅圖。

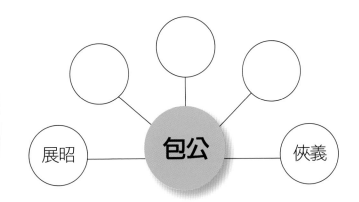

經典少年遊

youth.classicsnow.net

◎ 少年是人生開始的階段。因此，少年也是人生最適合閱讀經典的時候。這個時候讀經典，可為將來的人生旅程準備豐厚的資糧。因為，這個時候讀經典，可以用輕鬆的心情探索其中壯麗的天地。

◎ 【經典少年遊】，每一種書，都包括兩個部分：「繪本」和「讀本」。繪本在前，是感性的、圖像的，透過動人的故事，來描述這本經典最核心的精神。小學低年級的孩子，自己就可以閱讀。讀本在後，是理性的、文字的，透過對原典的分析與說明，讓讀者掌握這本經典最珍貴的知識。小學生可以自己閱讀，或者，也適合由家長陪讀，提供輔助說明。

◎ 【經典少年遊】，我們先出版一百種中國經典，共分八個主題系列：詩詞曲、思想與哲學、小說

001 世說新語　魏晉人物畫廊
A New Account of Tales of the World: Anecdotes in the Southern and Northern Dynasties

故事／林羽豔　原典解說／林羽豔　繪圖／吳亦之

東漢滅亡之後，魏晉南北朝便出現了。雖然局勢紛亂，但是卻形成了自由開放的風氣。《世說新語》記錄了那個時代裡，那些人物怎麼說話、如何行事。讓我們看到他們的氣度、膽識與才學，還有日常生活中的風雅與幽默。

002 搜神記　神怪故事集
In Search of the Supernatural: Records of Gods and Spirits

故事／劉美瑤　原典解說／劉美瑤　繪圖／顧珮仙

晉朝的干寶，搜集了許多有關神仙鬼怪與奇思異想的故事，成為流傳至今的《搜神記》。別小看這些篇幅短小的故事，它們有些是自古流傳的神話，有的是民間傳說，統稱為「志怪小說」，成為六朝文學的燦爛花朵。

003 唐人傳奇　浪漫的傳說故事
Tang Tales: Collections of Tang Stories

故事／康逸藍　原典解說／康逸藍　繪圖／林心雁

正直的書生柳毅相助小龍女，體驗海底龍宮的繁華，最後還一同過著逍遙自在的生活。唐人傳奇是唐朝的文言短篇小說，內容充滿奇幻浪漫與俠義豪邁。在這個世界裡，我們不僅經歷了華麗的冒險，還看到了如夢似幻的生活。

004 竇娥冤　感天動地的竇娥
The Injustice to Dou E: Snow in Midsummer

故事／王蕙瑄　原典解說／王蕙瑄　繪圖／榮馬

善良正直的竇娥，為了保護婆婆，招認自己從未犯過的罪。行刑前，她許下三個誓願：血濺白布、六月飛雪、三年大旱，期待上天還她清白。三年後，竇娥的父親回鄉判案，他能發現事情的真相嗎？竇娥的心聲，能不能被聽見？

005 水滸傳　梁山好漢
Water Margin: Men of the Marshes

故事／王宇清　故事／王宇清　繪圖／李遠聰

林沖原本是威風的禁軍教頭，他個性正直、武藝絕倫，還有個幸福美滿的家庭，無奈遇上了欺壓百姓的太尉高俅，不僅遭到陷害，還被流放到偏遠地區當守軍。林沖最後忍無可忍，上了梁山，成為梁山泊英雄的一員大將。

006 三國演義　風起雲湧的英雄年代
Romance of the Three Kingdoms: The Division and Unity of the World

故事／詹雯婷　原典解說／詹雯婷　繪圖／蔣智鋒

曹操要來打南方了！劉備和孫權該如何應戰，周瑜想出什麼妙計？大戰在即，還缺十萬支箭，孔明卻帶著二十艘船出航！羅貫中的《三國演義》，充滿精采的故事與危機妙算，記錄這個風起雲湧的英雄年代。

007 牡丹亭　杜麗娘還魂記
Peony Pavilion: Romance in the Garden

故事／黃秋芳　原典解說／黃秋芳　繪圖／林虹亨

官家大小姐杜麗娘，遊賞美麗的後花園之後，受寒染病，年紀輕輕就離開人世。沒想到，她居然又活過來！這到底是怎麼一回事？明朝劇作家湯顯祖寫《牡丹亭》，透過杜麗娘死而復生的故事，展現人們追求自由的浪漫與勇氣！

008 封神演義　神仙名人榜
Investiture of the Gods: Defeating the Tyrant

故事／王洛夫　原典解說／王洛夫　繪圖／林家棟

哪吒騎著風火輪、拿著混天綾，一不小心就把蝦兵蟹將打得東倒西歪！個性衝動又血氣方剛的哪吒，要如何讓父親李靖理解他本性善良？又如何跟著輔佐周文王的姜子牙，一起經歷驚險的戰鬥，推翻昏庸的紂王，拯救百姓呢？

009 三言　古今通俗小說
Three Words: The Vernacular Short-stories Collections

故事／王蕙瑄　原典解說／王蕙瑄　繪圖／周庭萱

許宣是個老實的年輕人，在下著傾盆大雨的某一日遇見白娘子，好心借傘給她，兩人因此結為夫妻。然而，白娘子卻讓許宣捲入竊案，害得他不明不白的吃上官司。在美麗華貴的外表下，白娘子藏著什麼秘密？她是人還是妖？

010 聊齋誌異　有情的鬼狐世界
Strange Stories from a Chinese Studio: Tales of Foxes and Ghosts

故事／岑澎維　原典解說／岑澎維　繪圖／鐘昭弋

有個水鬼名叫王六郎，總是讓每天來打漁的漁翁滿載而歸。善良的王六郎會不會永遠陪著漁翁捕魚？好心會有好報嗎？蒲松齡的《聊齋誌異》收錄各式各樣的鄉野奇談，讓讀者看見那些鬼狐精怪的喜怒哀樂，原來就像人類一樣。

與故事、人物傳記、歷史、探險與地理、生活與素養、科技。每一個主題系列，都按時間順序來選擇代表性的經典書種。

◎ 每一個主題系列，我們都邀請相關的專家學者擔任編輯顧問，提供從選題到內容的建議與指導。我們希望：孩子讀完一個系列，可以掌握這個主題的完整體系。讀完八個不同主題的系列，可以不但對中國文化有多面向的認識，更可以體會跨界閱讀的樂趣，享受知識跨界激盪的樂趣。

◎ 如果說，歷史累積下來的經典形成了壯麗的山河，【經典少年遊】就是希望我們每個人都趁著年少探索四面八方，拓展眼界，體會山河之美，建構自己的知識體系。少年需要遊經典。經典需要少年遊。

011 說岳全傳　盡忠報國的岳飛
The Complete Story of Yue Fei: The Patriotic General

故事／鄒敦怜　原典解說／鄒敦怜　繪圖／朱麗君

岳飛才出生沒多久，就遇上了大洪水，流落異鄉。他與母親相依為命，又拜周侗為師，學習武藝，成為一個文武雙全的人。岳飛善用兵法，與金兵開戰；他最終的志向是一路北伐，收復中原。這個心願是否能順利達成呢？

012 桃花扇　戰亂與離合
The Peach Blossom Fan: Love Story in Wartime

故事／趙予彤　原典解說／趙予彤　繪圖／吳泳

明朝末年國家紛亂，江南卻是一片歌舞昇平。李香君和侯方域在此相戀，桃花扇是他們的信物。他們憑一己之力關心國家，卻因此遭到報復。清朝劇作家孔尚任，把這段感人的故事寫成《桃花扇》，記載愛情，也記載明朝歷史。

013 儒林外史　官場浮沉的書生
The Unofficial History of the Scholars: Life of the Intellectuals

故事／呂淑敏　原典解說／呂淑敏　繪圖／李遠聰

匡超人原本是個善良孝順的文人，受到老秀才馬二與縣老爺的賞識，成了秀才。只是，他變得愈來愈驕傲，也一步步犯錯。清朝作家吳敬梓的《儒林外史》，把官場上的形形色色全寫進書中，成為一部非常傑出的諷刺小說。

014 紅樓夢　大觀園的青春年華
The Story of the Stone: The Flourish and Decline of the Aristocracy

故事／唐香燕　原典解說／唐香燕　繪圖／麥震東

劉姥姥進了大觀園，看到賈府裡的太太、小姐與公子，瀟湘館、秋爽齋與蘅蕪苑的美景，玩遍了行酒令、吃了精巧酥脆的點心。跟著劉姥姥進大觀園，體驗園內的新奇有趣，看見燦爛的青春年華，走進《紅樓夢》的文學世界！

015 閱微草堂筆記　大家來說鬼故事
Random Notes at the Cottage of Close Scrutiny: Short Stories About Supernatural Beings

故事／邱慧敏　故事／邱慧敏　繪圖／楊瀚橋

世界上真的有鬼嗎？遇到鬼的時候該怎麼辦？看看紀曉嵐的《閱微草堂筆記》吧！他會告訴你好多跟鬼狐有關的故事。長舌的女鬼、嚇人的笨鬼、扮鬼的壞人、助人的狐鬼。看完這些故事，你或許會覺得，鬼狐比人可愛多了呢！

016 鏡花緣　海外遊歷
Flowers in the Mirror: Overseas Adventures

故事／趙予彤　原典解說／趙予彤　繪圖／林虹亨

失意的文人唐敖，跟著經商的妹夫林之洋和博學的多九公一起出海航行，經過各種奇特的國家。來到女兒國，林之洋竟然被當成王妃給抓走了！翻開李汝珍的《鏡花緣》，看看他們的驚奇歷險，猜一猜，他們最後如何脫劫歸來？

017 七俠五義　包青天為民伸冤
The Seven Heroes and Five Gallants: The Impartial Judge

故事／王洛夫　原典解說／王洛夫　繪圖／王韶薇

包公清廉公正，但宰相龐太師卻把他看作眼中釘，想作法陷害。包公能化險為夷嗎？豪俠展昭是如何發現龐太師的陰謀？說書人石玉崑和學者俞樾，把包公與江湖豪傑的故事寫成《七俠五義》，精彩的俠義故事，讓人佩服！

018 西遊記　西天取經
Journey to the West: The Adventure of Monkey

故事／洪國隆　原典解說／洪國隆　繪圖／BO2

慈悲善良的唐三藏，帶著聰明好動的悟空、好吃懶做的豬八戒、刻苦耐勞的沙悟淨，四人一同到西天取經。在路上，他們會遇到什麼驚險意外？踏上《西遊記》的取經之旅，和他們一起打敗妖怪，潛入芭蕉洞，恣意冒險！

019 老殘遊記　帝國的最後一瞥
The Travels of Lao Can: The Panorama of the Fading Empire

故事／夏婉雲　原典解說／夏婉雲　繪圖／蘇奔

老殘是個江湖醫生，搖著串鈴，在各縣市的大街上走動，幫人治病。他一邊走，一邊欣賞各地風景民情。清朝末年，劉鶚寫《老殘遊記》，透過主角老殘的所見所聞，遊歷這個逐漸破敗的帝國，呈現了一幅抒情的中國山水畫。

020 故事新編　換個方式說故事
Old Stories Retold: Retelling of Myths and Legends

故事／洪國隆　原典解說／洪國隆　繪圖／施怡如

嫦娥與后羿結婚後，有幸福美滿嗎？所有能吃的動物都被后羿獵殺精光，只剩下烏鴉與麻雀可以吃！嫦娥變得愈來愈瘦，勇猛的后羿能解決困境嗎？魯迅重新編寫中國的古代神話，翻新古老傳說的面貌，成為《故事新編》。

經典○
少年遊

youth.classicsnow.net

017
七俠五義　包青天為民伸冤
The Seven Heroes and Five Gallants
The Impartial Judge

編輯顧問（姓名筆劃序）

王安憶　王汎森　江曉原　李歐梵　郝譽翔　陳平原
張隆溪　張臨生　葉嘉瑩　葛兆光　葛劍雄　鄭培凱

故事：王洛夫
原典解說：王洛夫
繪圖：王韶薇
人時事地：謝琬婷

編輯：鄧芳喬　張瑜珊　張瓊文
美術設計：張士勇
美術編輯：顏一立
校對：陳佩伶

企畫：網路與書股份有限公司
出版者：大塊文化出版股份有限公司
台北市10550南京東路四段25號11樓
www.locuspublishing.com
讀者服務專線：0800-006689
TEL：+886-2-87123898
FAX：+886-2-87123897
郵撥帳號：18955675
戶名：大塊文化出版股份有限公司
法律顧問：全理法律事務所董安丹律師

總經銷：大和書報圖書股份有限公司
地址：新北市新莊區五工五路2號
TEL：+886-2-8990-2588
FAX：+886-2-2290-1658
製版：沈氏藝術印刷股份有限公司

初版一刷：2014年6月
定價：新台幣299元